Child Care Books for Kids
Libros para niños acerca de la atención infantil

When Katie Was Our Teacher

W9-CNA-521

Cuando Katie era nuestra maestra

Written by/Escrito por Amy Brandt
Illustrated by/Ilustrado por Janice Lee Porter

Redleaf Press

© 2000 Amy Brandt
Illustrations © 2000 by Janice Lee Porter
Translated by Eida de la Vega
All rights reserved.

Printed in Korea

Published by: Redleaf Press
a division of Resources for Child Caring
450 North Syndicate, Suite 5
St. Paul, MN 55104

Distributed by: Gryphon House
Mailing Address:
P.O. Box 207
Beltsville, MD 20704-0207

Library of Congress Cataloging-in-Publication Data

Brandt, Amy, 1963-
  When Katie was our teacher / written by Amy Brandt ; illustrated by Janice Lee Porter =
Cuando Katie era nuestra maestra / escrito por Amy Brandt ; ilustrado por Janice Lee Porter.
    p.   cm. – (Child care books for kids = Libros para niños acerca de la atención infantil)
English and Spanish.
  Summary: Children in a day care center talk about missing a favorite teacher who got a
new job.
  ISBN 1-884834-78-7
  [1. Teachers—Fiction. 2. Day care centers—Fiction. 3. Spanish language materials—
Bilingual.] I. Title: Cuando Katie era nuestra maestra. II. Porter, Janice Lee, ill. III. Title. IV. Child
care books for kids.

PZ73 .B663 2000
[E]—dc21   99-055118
                                                                                          CIP

To the children and adults of the Ben & Jerry's Children's Center, where so many of my life's blessings originated, and to Katie herself.

A los niños y adultos del Centro Infantil Ben & Jerry's donde se originaron tantas de las bendiciones de mi vida, y a Katie.

When Katie was our teacher, she wore hiking boots every day, even when there was no snow or mud.

Cuando Katie era nuestra maestra, usaba botas todos los días, incluso cuando no había nieve ni fango.

When Katie was our teacher, she liked to read *Green Eggs and Ham* to us best.

Cuando Katie era nuestra maestra, el libro que más le gustaba leernos era *Huevos verdes con jamón*.

When Katie was our teacher, she taught us how to cut with scissors.

Cuando Katie era nuestra maestra, nos enseñaba a cortar con las tijeras.

When Katie was our teacher, she took us on long walks to find cows.

Cuando Katie era nuestra maestra, nos llevaba a dar largas caminatas en busca de vacas.

When Katie was our teacher, she came to day care every day, except when she went on vacation. When Katie went on vacation, she went to faraway places like Australia and Alaska.

Cuando Katie era nuestra maestra, venía a la guardería todos los días, excepto cuando se iba de vacaciones. Cuando Katie se iba de vacaciones, visitaba lugares lejanos como Australia y Alaska.

But Katie's not on vacation now. Katie has a new job, so she had to say good-bye.

Pero Katie no está de vacaciones ahora. Katie tiene un nuevo trabajo, así que tuvo que despedirse.

That means Katie's not our teacher anymore. There are other teachers who take good care of us, but they're not Katie.

Eso quiere decir que Katie ya no es nuestra maestra. Hay otras maestras que nos cuidan, pero no son Katie.

Lila reads *Green Eggs and Ham* to us when we ask her to, but she likes *The Three Billy Goats Gruff* best.

Lila nos lee *Huevos verdes con jamón* cuando se lo pedimos, pero le gusta más leer *Los tres chivitos Gruff.*

Charlie teaches us how to do new things like use glue. We already know how to cut with scissors, because Katie taught us.

Charlie nos enseña a hacer cosas nuevas, como usar pegamento. Nosotros ya sabemos cortar con las tijeras porque Katie nos enseñó.

Vera takes us on long walks to find fancy rocks, not cows.

Vera nos lleva a dar largos paseos en busca de piedras bonitas, no de vacas.

Our teachers know we miss Katie, so they made a special missing place for us. They tucked it down low in a quiet place under the counter where only kids can fit.

Nuestros maestros saben que echamos de menos a Katie, así que nos han destinado un sitio especial para echar de menos. Lo han acomodado en un rincón tranquilo debajo de la mesa, donde sólo caben los niños.

Inside, we cuddle up on rainbow pillows next to a smiling picture of Katie on the wall. We read *Green Eggs and Ham* and remember when Katie was our teacher.

Nos acurrucamos dentro, sobre almohadas de arcoiris, junto a un retrato sonriente de Katie, que cuelga de la pared. Leemos *Huevos verdes con jamón* y recordamos cuando Katie era nuestra maestra.

I think Katie misses us too.

Creo que Katie también nos echa de menos.

Notes to Parents, Teachers, and Other Caregivers

The adults who care for them are a central part of young children's development. For this reason, children can be overwhelmed by sadness when a caregiver leaves. Loss is inevitable, however, and if adults make room for children's sadness, children will begin to understand their feelings, see them as bearable, and see themselves as powerful even in the face of their loss.

Here are some ways caregivers and parents can help children when a caregiver leaves:

- Prepare children ahead of time. For children under three, a week is plenty of warning. Use a calendar with a picture for each day, and mark each day off as it goes by, or count the days left until the caregiver leaves. Give simple information: that the caregiver is leaving (or the child is changing programs), what he or she is going to do, when he or she will say good-bye.

- Expect children's feelings to show up in their behavior, and accept such changes as temporary and normal. Children often express their feelings through their behavior instead of using words. Be alert for changes such as more difficulty with transitions, more conflicts between children, temporary loss of established skills, and changes in eating and sleeping patterns. Sometimes children appear "fine" for a while after the loss and show signs of grief after a few weeks have passed.

- Acknowledge and give words for children's feelings. Use simple phrases and questions such as, "Is it hard to go to sleep without Katie?" or "Are you feeling grouchy because you miss Katie?" to help children make the connection between their behavior and their feelings.

- Read *When Katie Was Our Teacher* frequently during the weeks after the caregiver leaves. Young children learn through repetition. Each time they hear the book they will gain understanding of their own feelings and make progress toward resolving them.

- Make a similar book about the teacher the children are missing. Make sure it's sturdy enough to survive constant use by children. Try using heavy cardboard, clear packing tape, and photo-copied photos.

- Allow children to use both books as comfort objects. Keep them available where children can reach them. You will notice children using them in play, "reading" them to one another, and toting them about.

Notas para padres y maestros

Los adultos que cuidan a los niños juegan un importante papel en su desarrollo. Por esta razón, los niños pueden sentirse muy tristes cuando un maestro se va. Sin embargo, la pérdida es inevitable, y si los adultos le dan un espacio a la tristeza de los pequeños, éstos comenzarán a comprender lo que sienten, les parecerá soportable e, incluso, se sentirán fuertes frente a su dolor.

He aquí algunas formas en que los padres y maestros pueden ayudar a los niños cuando un maestro se va:

- Prepare a los niños con tiempo. Para un niño de menos de tres años, una semana es suficiente. Use un calendario que tenga un cuadro para cada día y marque los días a medida que pasen, o cuente los días que quedan para que el maestro se vaya. Dé informaciones sencillas: que el maestro se va (o que el niño va a cambiar de programa), qué va hacer en adelante y cuándo se despedirá.

- Esté preparado para que los sentimientos de los niños se reflejen en su conducta, y acepte tales cambios como temporales y normales. Con frecuencia, los niños expresan sus sentimientos a través de su conducta en lugar de usar palabras. Esté alerta para cambios tales como más dificultad en las transiciones, más conflictos entre niños, pérdida temporal de habilidades ya aprendidas, y cambios en los horarios de comidas y sueños. En ocasiones, los niños parecen estar "bien" inmediatamente después de la pérdida pero, a las pocas semanas, muestran signos de tristeza.

- Reconozca y dé palabras a los sentimientos de los niños. Use frases y preguntas sencillas tales como: "¿Es difícil irse a dormir sin Katie?" o "¿Te sientes malhumorado porque echas de menos a Katie?" para ayudar a los niños a relacionar su conducta con sus sentimientos.

- Lea con frecuencia *Cuando Katie era nuestra maestra* durante las semanas que sigan a la partida del maestro. Los niños más pequeños aprenden por medio de la repetición. Cada vez que oigan el cuento irán comprendiendo mejor sus propios sentimientos y así podrán solucionarlos.

- Haga un libro similar acerca de la maestra que los niños echan de menos. Asegúrese de que sea bastante fuerte para que sobreviva al uso constante de los niños. Trate de usar cartón grueso, cinta de empacar clara y retratos fotocopiados.

- Permita que los niños usen ambos libros como objetos de consuelo. Deje los libros al alcance de los niños. Se dará cuenta de que los niños los usan para jugar, "leyéndoselos" entre ellos y llevándolos de un lado a otro.

Child Care Books for Kids

Child Care Books for Kids tell stories about everyday events in child care settings. They reflect the real experiences of young children in child care, giving teachers and parents a window into kids' lives.

When Katie Was Our Teacher

By Amy Brandt

Illustrated by Janice Lee Porter

When Katie leaves for a new job, the children remember all the special things she did with them, and their other teachers create a "special missing place" filled with memories of Katie.

Benjamin Comes Back

By Amy Brandt

Illustrated by Janice Lee Porter

Benjamin misses his mommy when she drops him off at child care. With his teachers' help, Benjamin learns that just as he will come back to child care the next morning, his mommy will come back to get him at the end of the day.

Libros para niños acerca de la atención infantil

Los Libros para niños acerca de la atención infantil narran historias acerca de incidentes habituales en las guarderías. Al mismo tiempo que reflejan las experiencias reales de los pequeños, estas historias abren a padres y maestros una ventana que les permite asomarse a la vida de los niños.

Cuando Katie era nuestra maestra

Por Amy Brandt

Ilustrado por Janice Lee Porter

Cuando Katie se cambia a un nuevo trabajo, los niños recuerdan todas las cosas especiales que hacían junto a ella, y los otros maestros crean un "lugar para echar de menos" lleno de recuerdos de Katie.

Benjamín regresa

Por Amy Brandt

Ilustrado por Janice Lee Porter

Benjamín echa de menos a su mamá cuando ésta lo deja en la guardería. Con la ayuda de sus maestros, Benjamín aprende que tal como él regresará a la guardería en la mañana, su mamá también regresará a buscarlo al fin del día.

For more information call/Para más información llame al

800-423-8309